Girmindl

Der Versicherungsfall

AF205982

Johannes Girmindl

Der Versicherungsfall

Eine Satire

Bibliographische Information der Deutschen Nationalbibliothek:

Die Deutsche Nationalbibliothek verzeichnet diese Publikation in der Deutschen Nationalbibliographie; detaillierte bibliographische Daten sind im Internet über http://dnb.dnb.de abrufbar

Herstellung und Verlag: BoD – Books on Demand

ISBN: 9783750441224

1

Ein bis zwei Monate sind leicht auszuhalten. Danach werde ich immer etwas unruhig. Das aber nur so lange, bis ein neuer Auftrag hereinkommt und ich mit den Vorbereitungen dazu beginnen kann. Ich muss nicht immer beschäftigt sein, ich kann auch die Zeit zwischen meinen Aufträgen genießen. Das letzte halbe Jahr hat mich aber einiges an Nerven gekostet. Mein üblicher Rhythmus war aus dem Takt gekommen - ein Auftrag im Quartal - möglicherweise etwas Dringliches einschieben, etwas Lukratives vorziehen, das alles war nicht geschehen. Und ich muss ehrlich zugeben, die Vorzeichen waren schon einige Zeit nicht mehr zu leugnen gewesen. Die Auftragslage war mittlerweile dünner geworden, es gab weniger Möglichkeiten sich seine Arbeiten auszusuchen, geschweige denn Aufträge überhaupt abzulehnen. Die Preisgestaltung war in einem Sinkflug begriffen und selbst wenn man einen guten Ruf in der Branche hatte, war es nicht mehr so, als zu der Zeit, in der ich begonnen hatte. Natürlich konnte ich verlangen was ich für angemessen empfand, ob es jemand, abgesehen von treuer Stammkundschaft, der man aber ohnehin einen Freundschaftspreis oder zumindest einen Nachlass gewährte, bezahlen würde, stand auf einem anderen Blatt. Ich übte seit mehr als dreißig Jahren meine Profession aus, davon seit fünfundzwanzig Jahren freischaffend. Als ich Mitte der 80er Jahre des vorigen Jahrhunderts während meiner Lehre zum Maschinenschlosser auf diese Branche aufmerksam geworden war, gab es eine Auftragslage, die von Jahr zu Jahr besser wurde, ebenso die Tarife, und es war ein Einfaches, wenn man Talent hatte, Fuß in der Szene zu fassen. Wie gesagt, es waren die 80er Jahre und es ging bergauf. Der erste große Einschnitt kam zehn Jahre später mit Ende des Jugoslawienkrieges. Die Bruderschlachten hatten nicht nur weite Teile des Landes mit Uranmantelmunition verseucht, Städte in Schutt und Asche gelegt, Familien ausgerottet, die Psyche folgender und am Krieg teilnehmender Generationen aus der Balance gebracht, nein, sie hatten auch eine Menge arbeitsloser Profis produziert, die zu einem nicht unbeträchtlichen Teil auf den freien Markt drängten. Wer keinen Grund hatte in sein Heimatdorf zurückzukehren, möglicherweise auch wegen mutmaßlicher Kriegsverbrechen, die er im Laufe der sinnlosen Auseinandersetzung begangen hatte, gesucht wurde oder einfach nur, im wahrsten Sinne des Wortes, Blut geleckt hatte, versuchte mit seinem Wissen und seinem Können auf dem freien Markt Fuß zu fassen. Gut, die Branche hat das zu einem Großteil verkraftet und es gab damals ohnehin viel zu viele Aufträge, die ja auch ausgeführt werden mussten; vor allem bei Termingeschäften gab es immer wieder Engpässe. Was das Drängen auf den heimischen Markt aber an negativer Auswirkung mit sich brachte war, dass die Preise etwas verfielen. Ich kann in diesem Fall aber nicht wirklich viel dazu sagen, da es mich, im Großteil meiner Aufträge nicht wirklich betraf. Ich konnte mir meine Arbeit aussuchen, war zwar nie wählerisch gewesen, aber ab einem gewissen Ruf in der Branche muss man sich nicht mehr für alles hergeben. Und das ist gut so. Die Jungen, die nachkamen, mussten sozusagen auch erst einmal ihr Lehrgeld bezahlen. Nun, Ende der 90er, nachdem sich die Situation wieder etwas eingependelt hatte, schien es so, als würde es wieder gemütlicher und ruhiger werden. Weit gefehlt. Mit den Investitionen im Land aus dem erblühenden Osten, vor allem aus Russland und der

Ukraine, wurden auch die Aufträge die sich im Umfeld der Wirtschaft und der sich darin befindlichen Geschäftstreibenden ergaben weniger. Aber nicht weil ab sofort nur noch verhandelt wurde, nein, die umtriebigen Geschäftsleute hatten ihr eigenes Personal mitgebracht, die im Nu die ihnen überantworteten Aufträge erledigten, die Überbleibsel der selbigen fachgerecht entsorgten und sich darauf umgehend wieder in die Heimat begaben. Es war ein wenig wie bei den Chinesen, man regelte, wenn es sich nicht vermeiden ließ, alles unter sich. Und das war gut so.

Der größte Einbruch kam aber mit dem Internet. Ab sofort konnte sich jede Person darüber informieren, wie viel Liter Salzsäure notwendig waren um ein unliebsames Familienmitglied verschwinden zu lassen, wie man es richtig anstellte den zu lauten Nachbarn ruhig zu stellen oder aber auch nur den unliebsamen Chef für den Rest seines Lebens außer Gefecht zu setzen. Informationsfreiheit auf allen Ebenen, sozusagen. Es trafen also einige Umstände zusammen, die es einem, wenn auch handlich begabten und renommierten Problemlöser, das Leben schwer machten, beziehungsweise den eigenen Job so gut wie obsolet. Und was macht ein Auftragskiller, wenn er keinen Auftrag hat? Die Antwort ist relativ einfach, er tut es den unzähligen anderen gleich, die ebenso wie er, keine Aussicht auf Beschäftigung haben: er geht zum AMS um sich arbeitslos zu melden.

2

„Warum haben sie sich nicht online arbeitslos gemeldet?"

„Ich bevorzuge das persönliche Gespräch."

„Aha, ist aber jetzt so üblich."

„Was?"

„Dass man sich online arbeitslos meldet."

„Möglich, es ist das erste Mal bei mir, ich hab da keine Erfahrung."

„Macht nix, die werden sie schon noch bekommen, in ihrem Alter."

„In meinem Alter?"

„Egal, was ist ihr Beruf oder ihre zuletzt ausgeübte Tätigkeit?"

„Ich helfe Menschen ihre Probleme zu bewältigen."

„Aha."

„Genau."

„Und was tun sie da so?"

„Was die Situation gerade erfordert."

„Das ist keine eingetragene Berufsbezeichnung. Was bitte machen sie, oder haben sie gemacht?"

„Die Kunden kommen mit einem Problem zu mir und ich versuche es zu lösen."

„Sie sind also in der Beraterbranche tätig."

„Wenn sie es so nennen wollen."

„Es ist völlig egal wie ich es nennen will, sie werden doch wissen was ihr Job war. Coach?"

„In gewisser Weise."

„Aha, haben sie ihre Unterlagen mit?"

„Welche Unterlagen?"

„Zeugnisse, Zertifikate, das Übliche halt."

„Ich habe keine."

„Sie werden doch einmal in einer Schule gewesen sein."

„Das schon, ist aber eine Ewigkeit her."

„Und für ihren Job als Coach müssen sie doch auch die eine oder andere Ausbildung absolviert haben."

„Eigentlich nicht, ich bin da so hineingerutscht."

„Wie haben sie dann diesen Beruf ausüben können, sie benötigen dafür doch eine Berechtigung."

„Ach, das ging schon, ich bin da eher intuitiv."

Die Dame schien kurz vor dem Verzweifeln zu sein. Nachdem ich mich heute Morgen auf den Weg gemacht hatte, das triste Amtshaus betreten, eine Nummer gezogen und mich letztendlich auf einem orangen Plastikstuhl niedergelassen hatte, danach mindestens eineinhalb Stunden eben dort verbracht hatte, mich dann auf jenem Sessel wiederfand, auf dem ich jetzt noch saß, versuchte ich zu erklären, was mein Begehren war. Möglicherweise hatte ich es von meiner

Großmutter vererbt bekommen, aber ich war immer schon auf meine Sicherheit bedacht gewesen und das vor allem in finanzieller Hinsicht. Ich hatte mich als Freiberufler privat versichert und als es im Jahre 2009 endlich möglich geworden war, auch pensionsversichert. Es war nicht so, dass ich keinerlei Rücklagen hatte, im Gegenteil, aber sicher war sicher und so war ich nun hier, um mir einerseits meine monatliche Zuwendung zu sichern und andererseits möglicherweise eine neue Perspektive aufzeigen zu lassen. Doch ich hatte es mir einfacher vorgestellt. Meine mir zugewiesene Sachbearbeiterin war sich nicht so sicher was sie in ihre Tastatur hacken sollte, schrieb dann aber doch etwas in die Weiten des Intranets und nahm meinen Antrag entgegen.

„Kommens in zwei Wochen wieder, also am 23. Die Karte bringens wieder mit. Wenns bis dahin was gefunden haben, dann teilens das bitte mit, sonst könntens Probleme bekommen."

„Und was mach ich bis dahin?"

„Warten. Und natürlich schauen obs irgendwo was für sie gibt."

„Aha, ich dachte das machen sie für mich."

„Ja, der war gut."

Es schien, als wäre das Gespräch für die Mittzwanzigerin beendet.

Ich hatte also meine Pflicht als Versicherter erfüllt, war vorstellig geworden, hatte die Skepsis einer Vertrags-bediensteten über mich ergehen lassen und war nun wieder auf mich selbst gestellt. Ich verließ das Gebäude, ließ all meine Schicksalsgenossen zurück und begab mich, es war knapp vor halb elf Uhr vormittags, in ein kleines Kaffeehaus hinter der Votivkirche.

3

Der Mann mit dem goldenen Colt mag vielleicht eine
Ausnahme sein, aber sie verwenden bitte ihr Werkzeug
nur einmal. Es mag ihnen möglicherweise verschwend-
erisch scheinen, aber es hat seine Gründe warum eine
Tatwaffe nicht zum wiederholten Male zur
zufriedenstellenden Erledigung eines Auftrags herange-
zogen wird. All das was sie vielleicht im Kino oder in
diversen Krimiserien gesehen, in Romanen verschlungen
haben, von wegen, er benutzt nur seine Walther sowieso
oder seinen Berretta, vergessen sie diesen Blödsinn.
Schauen sie, und wir gehen jetzt einmal vom
Schlimmsten aus, wir nehmen an sie werden ge-
schnappt, was glauben sie, was anhand ihres Werkzeugs
über den Verlauf ihrer bisherigen Karriere als hand-

werklicher Auftragskiller nachvollziehbar und augenscheinlich werden würde. Da können sie getrost von ihrem Recht auf Verweigerung der Aussage Gebrauch machen, wenn sie Glück haben und es will überhaupt jemand etwas von ihnen wissen, denn warum auch, ihre Waffe erzählt ohnehin verlässlicher und wahrheitsgetreuer, als sie es jemals tun würden. Was ich aber damit sagen möchte ist relativ simpel: jeder neue Auftrag benötigt sein dazu passendes Werkzeug. Und ein neues Werkzeug hat auch keine Geschichte die es erzählen kann. Verstanden, können sie mir soweit folgen? Ab einer gewissen Preisklasse tun solche Dinge ohnehin nichts mehr zur Sache, sie sind quasi im Preis inkludiert. Das gehört zum Service und außerdem zum Selbstschutz. Immerhin müssen sie am nächsten Tag auch noch voll einsatzfähig sein. Nun, ich war einsatzfähig, nur wollte mich niemand einsetzen und so saß ich wieder beim Arbeitsmarktservice und fragte mich, wo denn hier der Service blieb. Oder war ich selbst der Service. Schließlich wurde ich hinbestellt und erschien auch noch überpünktlich, so als stünde ich in einer bestimmten Abhängigkeit. Nun ja, Gewissermaßen tat ich das ja auch. Ich hatte mich ja dazu entschieden meinen monatlichen Beitrag einzubezahlen und mich, im Falle eines Versicherungsfalles, den Richtlinien des AMS mit Leib und Seele zu beugen. Ich war also dieser

Versicherungsfall geworden, mir aber nicht mehr so sicher, ob man mir hier wirklich auch helfen würde können. Da ich aber vom Gemüt her eher ein Sonnenschein war, immer gewesen bin, freute ich mich darüber, dass ich nun hier sitzen durfte und mich nicht vom neuen Sozialhilfegesetz schikanieren lassen musste. Meine Nummer erschien nun an der Anzeigetafel. Ich erhob mich und schritt auf das mir zugewiesene Zimmer zu, hinter dessen Türe mich die zuvorkommende Sachbearbeiterin von meinem ersten Besuch erwartete. Ich war mir nicht so sicher ob sie mich im speziellen erwartet hatte, oder einfach nur den nächsten Versicherungsfall. Als ich eintrat sah sie mich kurz an und ich könnte schwören, dass so etwas wie ein kurzes Erinnern in ihren Augen aufflackerte, das sich aber umgehend wieder verflüchtigte und sie somit wieder in Amt und Würden amtshandeln konnte. Um hier ein wenig abzukürzen, meinem Antrag auf Unterstützung wurde selbstredend statt gegeben, ich würde um den 7. jeden Monats einen kleinen Betrag auf mein Girokonto überwiesen bekommen und durfte von nun an, das Arbeitsmarktservice als meinen Arbeitgeber führen. Das System hatte mich also aufgefangen; beruhigend. Natürlich hatte ich in der Zwischenzeit keinen neuen Job an Land ziehen können. Ehrlich gesagt, ich hatte mich auch gar nicht nach einem umgesehen, wozu auch, vorerst würde ich einmal die Annehmlichkeiten des Systems auskosten. Ich hatte schon so lange von dieser Hängematte gehört, dass ich mich nun endlich selbst hinein legen wollte, wozu hatte ich auch meine Beiträge bezahlt, den Anspruch konnte mir niemand streitig machen, auch nicht das Fräulein vom Amt, das für meinen Buchstaben zuständig war. Ich bedankte mich, als ich wieder ging. Die nächsten vier Wochen sollte ich mir etwas suchen, das mir vorschwebte. Für meine Angaben war es ihr nicht möglich gewesen etwas Passendes aus ihren Stellenausschreibungen für mich zu finden. Nun, ich hatte nicht erwartet, dass mir von offizieller Stelle der eine oder andere Job angetragen werden würde. Die öffentliche Hand hatte ihre eigenen Lakaien die solche Jobs erledigten. In den seltensten Fällen wandten sie sich an Private und lagerten Aufträge aus. Und in solchen Fällen hieß es: Vorsicht! Meist gingen solche Jobs mit einer Sündenbockpolitik einher, die den Auftragnehmer mit der vollen Härte traf. Inklusive schlechter Presse. Auf so etwas hatte ich mich nie eingelassen und würde es auch jetzt nicht tun.

4

Ich hatte mich nie bewerben müssen. Mein Gewerbe lebte von Mundpropaganda. Zumindest in jener Zeit, in der Aufträge noch auf den Bäumen wuchsen und man sie nur pflücken musste. Ok, ganz so einfach war es natürlich nicht gewesen, aber im Vergleich zu den letzten Jahren oder gar im Vergleich zu heute, war das eine realistische Metapher. Ich hatte mir einen gewissen Namen gemacht, und sobald ich mit einem Auftrag fertig war, konnte ich mich schon für den nächsten entscheiden. Ein kleiner Vorteil war, dass man sich rarmachen konnte, das steigerte den Marktwert und so tat ich es auch. Nicht aber aufgrund meiner Marketingstrategie, nein, ich wollte einfach nicht so viel arbeiten. Nötig hatte ich es ja nicht und ich genoss es eben auch nichts tun zu müssen. Meine einzige Bewerbung hatte ich damals bei H. Resch abgegeben. Ich konnte mich gar nicht mehr erinnern was ich alles hineingeschrieben hatte, wahrscheinlich nicht allzu viel, war in diesem Alter ja noch nicht allzu viel vorgefallen gewesen. Nun sollte ich es wieder tun, Bewerbungen schreiben. Ich tat also wie mir geheißen, tippte drauf los und hatte nach kurzer Zeit einen tabellarischen Lebenslauf zusammengestellt. Gut, er füllte immer noch keine ganze Seite aber, und das konnte ich ruhigen Gewissens behaupten, für das erste Mal nach dieser langen Zeit, konnte er sich auch sehen lassen. Die Aufsichtsperson, welche sich selbst Trainerin nannte, war da gänzlich anderer Meinung. Wir einigten uns darauf, dass ich einfach zu lange weg vom Fenster gewesen war und somit keine Ahnung hatte, wie man sich heute präsentierte. Doch wie war ich überhaupt in diesen offenen Maßnamenvollzug gekommen? Es hatte sich folgendermaßen ergeben:

„Schauen sie, ich würde ihnen erst einmal einen Kurs vorschlagen."

„Einen Kurs?"

„Ja, sie bilden sich weiter um ihre Chancen auf dem Arbeitsmarkt zu steigern."

„Aha. Und was für ein Kurs wäre das?"

„Ein Motivationstraining."

„Wirke ich unmotiviert auf sie?"

„Das tut nichts zur Sache."

„Warum?"

„Schauen sie, das ist eine durchdachte Maßnahme die in ihrem Fall dazu beitragen kann, dass sie, trotz ihres Alters, nicht als schwer vermittelbar gelten, verstehen sie?"

„Teilweise."

„Gut. Ich drucke ihnen die Unterlagen jetzt einmal aus, sie bekommen für die Kurstage selbst je einen Fahrschein für die öffentlichen Verkehrsmittel gutgeschrieben und um die Dauer der Schulungsmaßnahme selbst verlängert sich auch der Bezug des Arbeitslosengeldes."

„Wunderbar."

„Sehen sie, die Motivation steigt schon."

„Ja, ich kann es regelrecht spüren."

So war ich nun hier gelandet, im dritten Wiener Gemeindebezirk, in einem Raum der einer Schulklasse glich, mit Tischreihen, die im richtigen Moment zur Seite gerückt wurden um einem Sesselkreis Platz zu machen, der für mehr Offenheit und Teamgeist sorgen würde, als ich im Moment eigentlich vertragen konnte.

Ich war Rollenspielen im Grundsatz nicht abgeneigt, hatte ich ja selbst schon diverse Verwandlungen vollziehen müssen. Im Grunde trat ich immer, wenn es zu einem direkten Kontakt kommen sollte, als jemand anderes auf. Doch was die Rollenverteilung hier betraf, war Fremdschämen die einzige Option. Als ich an die Reihe kam, ich sollte einen Arbeitslosen mimen, der schon längere Zeit keinen festen Job mehr gehabt hatte und in diesem Vorstellungsgespräch seine letzte Hoffnung sah. Nun, zu diesem Gespräch bedurfte es wenig an Vorstellung, ich wusste wer ich war und versuchte in meiner Rolle aufzugehen. Als auf unseren Auftritt ein zaghafter Applaus für meine Partnerin und mich folgte, durfte ich mich im nicht nur positiven Feedback suhlen. Anscheinend hatte ich etwas übertrieben. Ich sollte nicht sofort durscheinen lassen, dass mein Lebensglück von diesem Arbeitsplatz abhängen würde, dass mein Dasein ohne diesem Job sinnlos wäre und der Weinkrampf am Schluss würde nur meine Verzweiflung offen zur Schau stellen und

Dramaqueens würden am Arbeitsmarkt von vornherein schon schlechte Karten haben. Nun, mir war das alles schon vor der Rückkopplung meiner Trainerin bewusst gewesen, ich hatte versucht Verzweiflung und Emotion in meine Darstellung zu legen, im Endeffekt hatte ich sie ja lediglich glücklich machen wollen um die restliche Zeit des Tages unbeachtet im Internet surfen zu können, was man hier ja offiziell als Stellensuche bezeichnete. Jetzt war ich zum Problemfall geworden und war mir ziemlich sicher, dass mein Name von nun an einen kleinen Vermerk mit sich führte; hoffnungslos unvermittelbar stand da ab jetzt wohl geschrieben.

5

Grundsätzlich wusste ich immer etwas mit meiner Zeit anzufangen. Gelangweilt hatte ich mich höchstens als Kind in den überlangen Sommerferien, doch das war auch schon einige Jahrzehnte her. In der Zeit, in der ich keine Aufträge gehabt hatte, beziehungsweise die Wochen und Monate in denen ich keine angenommen hatte um meine Konzentration und meine Wachsamkeit nicht durch zu viel Arbeit zu überlasten und um mein Interesse an meinem Job aufrecht zu halten, ja, in dieser Zeit kam ich ganz gut klar mit dem Nichtstun. Ich machte lange Spaziergänge, las viel oder tat den ganzen Tag über gar nichts, weil ich es eben auch nicht musste. Jetzt, wo ich äußerst viel freie Zeit hatte, keinen Job aber trotzdem ein regelmäßiges, wenn auch geringes

Einkommen, also mir keinerlei Gedanken ums nackte Überleben machen musste, drückte dieser neue Einzug der Langeweile sehr wohl auf mein Gemüt. Mir fehlte die Herausforderung. Natürlich war es ein Traum vieler keine Geldsorgen und massig Zeit zur Verfügung zu haben; Geldsorgen hatte ich, wie schon erwähnt keine, Zeit hatte ich eben auch, doch es fehlte mir an Motivation das zu akzeptieren, geschweige denn es zu genießen einfach nichts tun zu müssen. Freizeit machte nur Sinn, wenn sie von Verpflichtungen oder Terminen eingerahmt war, ein wenig Struktur, ein kurzer Termin, schon konnte man sich darauf freuen einmal nichts tun zu müssen, ansonsten war jeder Tag gleich und hatte kein Ende und keinen Anfang. Möglicherweise wäre es schlauer gewesen in diesem Motivationskurs zu bleiben, Bewerbungen und Lebensläufe in den Computer zu tippen und an den diversen Rollenspielen teilzunehmen. Es war ja auch eine interessante Runde gewesen. Leute, die so gut wie kein Wort unserer Sprache verstanden, sich hier aber trotzdem dem Gespräch zu stellen hatten, Männer, denen man ansah, dass sie kurz vor der Pension standen oder in einer Verfassung waren, in der sich jegliches Vorstellungsgespräch im Vorhinein schon erübrigte, ein bunt zusammengewürfelter Haufen konnte man sagen. Dem Fass den Boden schlug aber der in den USA geborene und aufgewachsene Berger Helmut aus. Er erzählte, dass seine letzte Schulungsmaßnahme darin bestanden hatte, einen Englischkurs zu besuchen. „Das liegt ihnen ja eh", hatte sein Berater bei der Zuweisung gemeint. Nun gut, mein Geld war es ja nicht, und wenn in den Hallen des AMS auch noch so ein Sinn für Humor vorherrschte, dann war das ja im Grunde ein gutes Omen. Aber, wie gesagt, das war für mich zu wenig. Ich stand in meinem Wohnzimmer am Fenster und blickte auf die regennasse Fahrbahn hinab, die um diese Uhrzeit von wenigen Fahrzeugen frequentiert wurde, sah ein paar wenige Regenschirme aus der Vogelperspektive und fragte mich, wie es so weit hatte kommen können. Also nicht, dass es heute regnete, das war mir schon verständlich, nein, wie konnte es sein, dass mich die Langeweile gepackt und ich keinerlei Lust für irgendetwas hatte. In solchen Situationen gab es nur eine einzige Möglichkeit: hinein in die Schuhe und hinaus aus der Wohnung. Auch wenn es regnete. Ich öffnete das Haustor, tat einen Schritt auf den Gehweg hinaus und blickte die Gasse entlang. Heute zeigte sie sich nicht von ihrer besten Seite. Ich würde mich zwingen müssen einen Fuß vor den anderen zu setzen, also tat ich es am besten ohne langes Zögern. Vielleicht war auch eine leichte Winterdepression im Anflug. Und all das lag nur am Licht. Zuwenig Sonne und die Stimmung war im Keller. Eigentlich ein Trauerspiel mit uns Menschen, grundlos schlecht gelaunt bis hin zu Sinnfragen die ohnehin mehr schlecht als recht beantwortet werden können. Das erinnerte mich an diesen einen Auftrag, der so unglaubwürdig klang, als ich ihn bekam. Ich sollte meinen Auftraggeber töten. Sie werden jetzt wohl sofort sagen, dass das der Stoff eines Films sein könnte und ich kann ihnen das sogar bejahen. Davon gibt es sogar mehrere. Meiner aber war echt gewesen. In diesem Fall hatte ich zum ersten Mal auf vollständige Bezahlung vor Durchführung des Auftrags bestanden, was aber kein Problem war. Mein Auftraggeber war offensichtlich wohlhabend gewesen, hatte sich solche Wünsche leicht erfüllen lassen können und war zwei Wochen nach Zahlungseingang beerdigt worden.

6

„Und warum glauben sie, sind sie von der Schulungsmaßnahme ausgeschlossen worden?"

„Zu kreativ."

„Zu kreativ, aha. Hier steht, dass sie sich lustig über die Trainerin gemacht haben."

„Kennen sie sie?"

„Nein.

„Aha, sonst würden sie nämlich wissen, dass man sich über sie eigentlich gar nicht lustig machen kann, selbst wenn man wollte. Sie war-"

„Gut, lassen wir das. Ich habe hier noch etwas für sie."

„Wieder eine Eingliederungsmaßnahme?"

„Sozusagen. Es ist eine zweitägige Informationsveranstaltung an dem ihre Eignung für zukünftige Tätigkeiten herausgefiltert werden soll."

„Zukünftige Tätigkeiten?"

„Naja, ich muss sie ja irgendwo unterbringen. Ihre Unterlagen was Vortätigkeiten betrifft sind so gut wie gar nicht vorhanden, sie mögen zwar überdurchschnittliche Schulzeugnisse haben, die interessieren heute aber niemanden mehr."

„Und meine Tätigkeiten als Problemlöser?"

„Ja genau, die sind nur durch ihre eigenen Erzählungen existent, sie erfüllen so gut wie kein Anforderungsprofil in der von ihnen angegebenen Branche."

„Lassen sie mich doch einfach mal tun, sie werden sehen, ich werde sie nicht enttäuschen."

„Das mag ja sein, dass sie das ein oder andere Talent aufweisen, diese Zeiten sind aber schon seit langem vorbei, in denen sie einfach an eine Tür geklopft und gefragt haben, ob man sie brauchen würde."

„Schade eigentlich.“

„Möglich, das kann ich nicht beurteilen, heutzutage brauche sie ein wenig mehr als Selbstbewusstsein.“

„Ich glaube fast, dass Selbstbewusstsein gar nicht so erwünscht ist.“

„Vielleicht.“

„Also gut, wo muss ich hin?“

„Ich drucke ihnen -„

„Ja, sie druckens mir aus, ich weiß.“

Ich hatte mich also einzufinden und eine Woche später fand ich mich ein. Ich war es gewohnt pünktlich zu sein, wie hätte ich sonst all meine Aufträge zur vollsten Zufriedenheit meiner Auftraggeber und Auftraggeberinnen ausführen können? Ich stieg also Stufe um Stufe zu höheren Weihen empor, oder sagen wir es so: ich war gespannt was mich erwarten würde. Der ultimative Mechanismus herauszufinden wozu ich bestimmt und berufen war. Zu meinem Glück erwartete mich ein Sesselkreis. Ich nahm Platz und ließ meinen Blick durch die Runde schweifen. Die Stühle hatten sich zirka bis zur Hälfte gefüllt als sie den Raum betrat. Ich kann nicht genau beschreiben was in diesem Moment mit mir geschah, aber es hatte definitiv etwas ihr zu tun. Und sie setzte sich auch noch direkt gegenüber, sodass ich die nächste Stunde, in welcher wir willkommen geheißen, uns erklärt wurde, wie der Tag sich gestalten und was das genaue Ziel der Veranstaltung sein würde, also damit beschäftigt war, mich in ihren edlen Zügen zu verlieren. Ich schaffte es nach einer gefühlten Ewigkeit endlich wieder einen klaren Kopf zu bekommen und vor allem wieder regelmäßig aus und einzuatmen, beziehungsweise das dämlichste Grinsen meiner Erwachsenenlaufbahn aus meinem Gesicht zu verbannen und mich halbwegs unauffällig zu verhalten. Die erste Pause machte mich zum Raucher. Nein, nicht dass sie glauben ich würde damit wieder beginnen, im Gegenteil, aber ich begab mich mit den Rauchern ins Freie. Dort vertrat ich mir ein wenig die Füße, sie aber nicht aus meinem Blickfeld verlierend. Als sie ihre zweite Zigarette anzündete gesellte ich mich wieder näher zur Gruppe um mich beim Smalltalk ein wenig zu integrieren. Und wie es in solchen Situationen nun mal ist, mein Beitrag war keine großer. Mit dem Gefühl einer vergeben Chance bewegte ich mich mit all den anderen wieder in unseren Raum wo uns Trainer und Sesselkreis schon freudig erwarteten. Als wir alle wieder Platz genommen hatten, die letzten Nachzügler von der Toilette kamen, wurde unser mathematisches Wissen auf die Probe gestellt. Wir durften durchzählen. Eins, zwei, drei, vier, eins, zwei, drei, vier. Bis der letzte mit einer drei das letzte Wort hatte und ich Glück. Sie saß genau acht Plätze weiter. Ich hatte also bis morgen Nachmittag die Gelegenheit mich im richtigen Licht zu präsentieren, mich also von meiner besten Seite zu zeigen. Oder stand sie mehr auf Machotypen? Woher sollte ich das bitte wissen. Ich hatte in der ersten Rauchpause nicht viel von ihr mitbekommen. Sie hatte in einem kleinen Betrieb als Buchhalterin gearbeitet und war jetzt wohl, altersbedingt, nicht mehr so leicht zu vermitteln. Diese Beschreibung traf aber auf die meisten der Teilnehmer zu.

Ich möchte sie jetzt nicht hinhalten. Was ich bis zum Nachmittag des zweiten Tages über Barbara erfuhr, war relativ dürftig. Sie dürfte geschieden sein, zumindest sprach sie einmal kurz von ihrem Ex-Mann, ansonsten hielt sie sich mit persönlichen Informationen zurück. Als wir am Ende des zweiten Tages voller Begeisterung unsere Ergebnisse überreicht bekamen, die uns allesamt detailgenau erklärten wo unsere Stärken und Interessen denn liegen würden, da sprach ich sie an und fragte, ob sie noch etwas Zeit hätte oder gleich weg müsse. Sie sah mich etwas verwundert an, schien kurz zu überlegen und sagte dann aber ja. Im ersten Moment war ich sprachlos, ich hatte mich auf einen Einsatz meiner

Überredungskunst eingestellt, dass sie wohl nicht gleich zusagen würde, dass sie mich auf ein anderes Mal vertrösten oder mir unmissverständlich einen Korb geben würde, aber es war anders gekommen und das war gut so.

7

Barbara war seit mehr als einem Jahr arbeitslos. Der Betrieb, in dem sie tätig gewesen war, hatte die Buchhaltung ausgelagert und somit war ihre Stelle obsolet geworden. Sie war in allen Ehren gekündigt worden und jetzt, mit ihren 46 Jahren, hatte sie in ihrem Berufsfeld keinerlei Chancen mehr. Wir kamen auf die letzten beide Tage zu sprechen.

„Ich sag dir eines, das war gar nichts, ich habe schon vier Schulungsmaßnahmen hinter mich gebracht und eine war lächerlicher als die andere."

„Ja, aber wozu waren diese beiden Tage gut? Was wissen wir denn jetzt besser als zuvor?"

„Na das ist klar, dass das nicht wirklich etwas bringt. Diese ganzen Kurse sind doch nur erfunden worden, damit die Statistik besser aussieht."

„Ja eben."

„Aber trotzdem sitz ich gerne dabei."

„Du stehst auf Sesselkreise?"

„Nicht wirklich, aber es ist echt spannend was man da für Typen trifft. Diese Kurse sind ja absolut willkürlich zusammengestellt, das ergibt ja meines Erachtens eigentlich so gut wie nie irgendeinen Sinn, aber wie gesagt, typen trifft man da die gibt's sonst nur in den Alltagsgeschichten."

„Ich war erst bei einem Kurs."

„Was hast denn machen müssen?"

„Bewerbungskurs. Aber eigentlich war ich nur einen Tag, dann habens mich entfernt."

„Echt, was hast denn angestellt?"

„Eigentlich nix, ich hab wohl ein bissl übertrieben. Wir haben ein Bewerbungsgespräch spielen müssen."

„Ja, sowas kenn ich. Und jetzt habens dir das Geld gesperrt, weil du die Schulungsmaßnahme nicht ernst genommen hast."

„Nein, gar nicht."

„Echt? Da hast aber ein Glück gehabt, normalerweise wirst da ein paar Wochen gesperrt."

„Anscheinend warens nachsichtig genug bei mir; und ich habs ja auch nicht absichtlich sabotiert. Eigentlich wollt ich ja eh mitspielen, naja, vielleicht hab ichs einfach übertrieben."

„Die Wege des AMS sind unergründlich."

„Das kann man ruhigen Gewissens behaupten."

„Und wieso hast du deinen Job eigentlich verloren? Was hast du gmacht?"

„Lebensberater, sowas in der Art, aber die mittlerweile gibt's zu viele und somit lässt die Auftragslage zu wünschen übrig."

„Aja, also du warst so einer mit Flipchart und so."

„Nein, eher oldschool."

„Das macht dich sympathischer. Und, verheiratet?"

„Nein."

„Geschieden?"

„Auch nicht."

„Aha, also Bindungsängste."

„Kann ich nicht sagen."

„Ok. Ich bin verheiratet."

Als ich ihre Worte vernahm breitete sich eine Art Schockzustand, ausgehend von meinem Magen über meinen gesamten Körper aus.

„Er will sich nicht scheiden lassen."

Und wieder retour, fast Normalzustand.

„Ihr lebt also getrennt?"

„Natürlich, was glaubst du, schon seit zwei Jahren."

„Und warum will er sich nicht scheiden lassen?"

„Ach, er ist stur und wahrscheinlich hofft er immer noch, dass ich zurückkomme."

„Aber nach so langer Zeit kannst du dich ja ohne seiner Zustimmung scheiden lassen."

„Naja, ich hab meinen Job verloren, das kam dazwischen, sonst hätt ichs ohnehin schon längst getan. Er will ja nichts bezahlen und ich zahl die Scheidung nicht, so ein Trottel."

„Da gibt es sicher eine Lösung."

„Ja sicher, wenn ihn der Schlag trifft, das wäre eine Lösung."

„Na vielleicht kann man das ja mal ausverhandeln."

„Da spricht der Lebensberater aus dir. Aber nein, mit dem kann man gar nix ausverhandeln, der ist stur. Und wenn er merkt, dass du was willst, dann wird er noch sturer."

„Verstehe."

„Aber lassen wir das. Du bist noch nicht allzu lange arbeitslos, oder?"

„Nein, knappe zwei Monate."

„Das ist noch auszuhalten."

„Ja, ein bissl fad wird's mit der Zeit."

„Hört sich ganz nach Workaholic an. Nix im Leben außer Arbeit."

„Nein, im Gegenteil. Klar fehlt mir mein Job. Aber ich hatte dazwischen auch immer Phasen, und die hab ich mir bewusst so eingeteilt, in denen ich keine Aufträge hatte. Aber es fehlt halt der Gegenpart zur Auszeit."

„Verstehe, du musst deine Mitte finden und die liegt zwischen Job und Privatleben."

„Ja, so ungefähr."

„Dann such dir eine Beschäftigung, eine neue Herausforderung. Es muss ja nicht immer ein Job sein."

Natürlich hatte sie recht und ich würde ihr wohl ewig zuhören können, doch irgendwann sah sie auf die Uhr und sagte: „Das muss fürs Erste reichen." Dann winkte sie den Kellner herbei, bezahlte ihre Rechnung, trotz meiner Einladung, stand auf und zog sich ihre Jacke an.

„Falls du mich wieder sehen möchtest, gibst du mir jetzt deine Telefonnummer, meine bekommst du, wenn ich dich anrufe."

Ich hatte, glaube ich, meine Telefonnummer bisher nur im äußersten Notfall hergegeben. Sie werden verstehen, dass man in meiner Branche so wenig wie möglich über sich selbst preisgibt. Aber hier hatte ich, wenn ich sie wiedersehen wollte, nicht wirklich eine Wahl. Als die Tür des Lokals hinter ihr zufiel und ich gerade noch sehen konnte, wie sie im Menschengetümmel der U-Bahnstation verschwand, hatte sie meine Telefonnummer und ich eine neue Herausforderung.

8

Meine Vorstellungkraft war im Grunde genommen groß genug gewesen, zumindest die letzten Jahre über. Ob sie für mein heutiges Vorstellungsgespräch reichen würde, ich konnte es nicht sagen. Ich hatte mich gekleidet wie immer - was sollte ich hier denn auch zur Schau stellen, das nicht der Wahrheit entsprechen würde - hatte mir vor dem Spiegel selbst noch einmal Glück gewünscht und verließ dann, nicht gerade euphorisch, meine Wohnung. Und dann geschah es: ich musste wieder an sie denken. In Verbindung mit Schmetterlingen im Bauch war Konzentration ein Unding. Eine Unmöglichkeit die es nicht durch den Geburtskanal in die Realität schaffen würde. Die Angelegenheit war Gott sei Dank nicht unmöglich. Ich benötigte einen Stempel um zu bestätigen, dass bestätigt worden war, dass ich für den mir zugewiesenen Job bestätigter Weise nicht geeignet war, da würde meine einfache Anwesenheit wohl ausreichen. Dazu aber reichte auch meine Motivation, ganz ohne dazugehöriges Training aus. Ich gebe es ja zu, ich hatte den heutigen Tag nicht herbeigesehnt. Aber nachdem mir am Arbeitsamt vertrauensvoll nahegelegt worden war, dass ich mich nun doch schön langsam etwas konkreter umsehen sollte, man mir einige Stellenangebote vorgelegt hatte, inklusive Bestätigungsformularen, damit ich auch nachweisen würde können, dass ich mich auch wirklich vorgestellt hatte, von bemühen war keine Rede gewesen. Ich hatte Barbara das letzte Mal vor drei Tagen getroffen. Nach unserem ersten Abend, an dem sie nach meiner Telefonnummer verlangt hatte, hatte ich in den darauffolgenden Tagen so gut wie nie meine Wohnung verlassen. Ich brach mit sämtlichen Regeln, die ich selbst aufgestellt hatte. Ich bezahlte den Lieferservice mit meiner Bankomatkarte, das waren schon einmal zwei Übertretungen meiner Vorsichtsmaßnahmen, weil ich es einfach nicht schaffte selbst einkaufen zu gehen, beziehungsweise überhaupt meine Wohnung zu verlassen. Selbst wenn ich die Toilette aufsuchte oder unter Dusche stand, hatte ich die Türen geöffnet um ja nicht das Läuten des Telefons zu überhören. Doch es läutete nicht. Die ersten beiden Tage waren dabei die Schlimmsten. Die Erinnerung war noch frisch, die Unsicherheit ließ ihrer Grausamkeit freien Lauf und die Gedanken, die es meistens an sich haben, zum Schlimmsten zu tendieren, ließen mich nicht zur Ruhe kommen. Das alles aber legte sich wieder ab dem dritten Tag und als ich am vierten schon einmal kurz meine Wohnung verlassen hatte, nur um meinen vier Wänden zu entfliehen, schien ich mich am fünften Tag mit meiner Situation abgefunden zu haben. Am sechsten Tag läutete um halb neun Uhr am Vormittag das Telefon. Natürlich würden wir uns wieder sehen können, wann sie denn Zeit habe, fragte ich. Nun, um ehrlich zu sein, wir hatten beide ja eigentlich alle Zeit die man sich nur wünschen konnte und so fanden wir auch relativ einfach einen Termin. Ich wartete schon eine Weile, inklusive Kopfkino, dass sie mich doch noch versetzen würde, als sie dann doch endlich auftauchte. Losgelöst aus dem Kontext der Schulungsmaßnahme sah sie noch besser aus, als sie es bei unserem letzten Treffen getan hatte. Wir begrüßten uns mit einer unverbindlichen Umarmung und betraten das Lokal. Wir machten dort weiter, wo wir eine gute Woche zuvor aufgehört hatten. Wir redeten über die viele freie Zeit, die wir hatten, Ich versuchte kurz auf ihren getrennt lebenden Mann zu sprechen zu kommen, bemerkte aber, dass sie zumindest keine Lust hatte, darüber zu sprechen. An diesem Tag hatte ich die Rechnung begleichen dürfen und ich nahm diesen Umstand als gutes Omen. Diesmal durfte ich sie noch zur Straßenbahnhaltestelle bringen. Dort verabschiedeten wir uns, sie drückte mir einen kurzen Kuss auf die Wange und ich sah ihr nach, wie sie in den ersten Wagon der Tramwaygarnitur stieg.

Jetzt verließ ich einen Wagen der Straßenbahnlinie 60 um in etwa zehn Minuten bei einer sogenannten Leiharbeiterfirma vorstellig zu werden. Egal wie sie alle hießen und egal was sie alles verhießen, im Endeffekt waren es Unternehmen die auf dem Rücken ihrer zwangsverpflichteten Lohnsklaven kräftig Profit machten, ohne groß Verantwortung übernehmen zu müssen, wenn überhaupt. Das Arbeitsmarktservice schickte einen zu jenen Anbietern, wenn sie selbst nicht so recht wussten wohin mit einem. Und ich war so jemand. Es gibt anscheinend Arbeitgeber, die sich nicht bewusst darüber sind, dass sie Mitarbeiter suchen. Mir kam es in diesem Fall so vor, als würde der Arbeitgeber, der noch dazu in diesem Falle lediglich Vermittler sein würde, völlig in Selbstherrlichkeit und Überheblichkeit aufgehen. Dass das Gegenüber, in diesem Falle ich und ein ganzer Raum an weiteren Bewerbern, die wahrscheinlich allesamt auf Vermittlung des AMS hier vorstellig geworden waren, auch die Möglichkeit haben würde abzulehnen, oder, noch schlimmer, auch die gemachten Eindrücke nach außen tragen könnte, wurde wohl geflissentlich ausgeblendet. Um mich in diesem Fall nicht wieder zu exponieren, spielte ich das Spiel, gewissermaßen auch zu meinem persönlichen Amusement mit und begann den mehrseitigen Bogen, den mir die freundliche aber kurz angebundene Dame bei meinem Eintreffen in die Hand gedrückt hatte, auszufüllen. Danach wurden die Bögen wieder eingesammelt und wir durften alle Warten. Vom Ablauf her hieß es jetzt, dass unsere Angaben gesichtete werden würde und wir dann, der Reihe nach aufgerufen werden würden um in einem persönlichen Gespräch unsere Vorstellungen und Ziele zu besprechen, was im genaueren aber bedeutete, dass unsere Qualifikationen, falls wir welche besaßen damit abgeglichen wurden, wo wir eingesetzt werden konnten. Danach war umgehend ein Vertrag zu unterzeichnen, sofern man dem Beuteschema der Arbeitskräfteüberlassung entsprach. Nun, ich hatte genügend Manpower um mich dem Anlass entsprechend zu verhalten und somit galt ich ein weiteres Mal als unvermittelbar. Welch tiefe Schmach. Nicht dass sie jetzt glauben ich würde das alles ausschließlich mit Absicht oder ohne jeglicher Verantwortung tun, in keinster Weise war ich darauf erpicht bis zu meiner Mindestpension in vielleicht zehn oder fünfzehn Jahren untätig alleine daheim zu sitzen, aber bei allem was recht ist, Spielball der Umstände, Lohnsklave der Wirtschaft oder aber auch geformter und in Dankbarkeit unterwürfiger Mitarbeiter, nein, dafür würde ich nicht zur Verfügung stehen. Somit durfte ich zur Halbzeit den Umschlagplatz der Leibeigenen verlassen und mich, mit meinem gestempelten und abgezeichneten Bestätigungsblatt auf den Heimweg machen.

9

„Schauens, irgendwas müssen wir jetzt tun. So geht's nicht weiter, ich mein, sie müssen doch was arbeiten."

„Ja sofort, was soll ich machen, wo soll ich mich melden?"

„Ich bin mir nicht sicher ob sie das ernst meinen."

„Wieso."

„Naja, sie sabotieren ja alle Maßnahmen, überall wohin ich sie schicke, von überall werden sie postwendend zurück geschickt."

„Ich kann doch nichts dafür wenn ich nicht geeignet bin für die Plätzchen an die sie mich vermitteln wollen."

„Ich denke sie sind ein ganz ausgekochter, als wäre das alles nur ein Spiel für sie."

„Da tun sie mir unrecht. Zwar ist das halbe Leben sicher nur ein Spiel, zumindest sollte man es so sehen, die andere Hälfte erfordert aber auch etwas an Ernst, wenn ich das nicht so sehen würde, warum wäre ich dann hier?"

„Weil sie arbeitslos sind!"

„Ha, so ein Blödsinn, ich bin hier, weil ich versichert bin. Ich habe mich selbst versichert, ich weiß schon worauf man achten muss, aber ich bin auch nicht Spielball in diesem System, schließlich bin ich der, der einbezahlt hat, im Endeffekt arbeiten sie für mich."

„Jaja, das tu ich, und deswegen habe ich hier ein Stellenangebot für sie. Es könnte ihnen gefallen."

„Interessant, was ist das?"

„Naja, es ist so eine Art Hilfsjob in einem Waffengeschäft."

„Was, in einem Waffengeschäft?"

„Ja, sie haben doch erwähnt, dass sie sich mit Waffen ganz gut auskennen."

„Hab ich das?"

„Ja, haben sie, vielleicht ist es etwas für sie, gehen sie mal hin."

„Wann?"

„Jetzt, worauf wollen sie warten?"

„Ja, ich hab es ohnehin befürchtet. Nun gut, und dann?"

„Was und dann?"

„Was ist nachher?"

„Wie können sie jetzt schon an ein Nachher denken? Seien sie doch einmal positiv, sie sind doch Lebensberater."

„Ja, deswegen weiß ich ja was mir blüht. Ich bedanke mich."

„Nichts zu danken."

Nun, ich bin nicht gerade der Hitman aus dem Kino, es gibt aber dennoch auch für mich Grenzen. Wenn sie mich in einen Overall aus rotem Stoff stecken, würde ich mich fragen warum. Nun stand ich einem Herren gegenüber, der zwar keinen Overall, sehr wohl aber eine ebenso deplatzierte, beziehungsweise unpassende und überholte Quasiuniform trug. Die Weste spannte ein wenig am Bauch, dank der Hirschhornknöpfe wurde sie aber streng zusammengehalten. Ein Hut mit Gamsbart würde wohl noch fehlen. Basedow´sche Augen blickten mich fragend an.

„Na gut, du kennst dich aus?"

„Wäre die Frage: wobei?"

„Na beim Schießen."

„Es geht."

„Na hoff mas. Wichtig ist, dass du weißt, womit du da zu tun hast."

Ich folgte ihm gehorsam ins Lager, das aus zwei größeren Räumen bestand. Hier stapelten sich Kartons, mehrere versperrbare Kästen waren an der Wand entlang aufgereiht.

„Also, hier ist das Lager. Du wirst schon noch ein Gefühl kriegen, was wo ist. In den versperrten Kästen, die aus Metall, da ist die Munition drinnen. Nach Hersteller sortiert, dann nach Kaliber. Wenn also a neue Lieferung kommt, dann räumst du des genau dorthin wos hingehört. Aber immer nach hinten, sodass mia die alte Lieferung als erstes verkaufen."

„Ist logisch."

„Guat. Hier herinnen herrscht Rauchverbot."

„Ok."

„Pause kannst machen wenn zua ist. Also um eins."

„Gut. Und was mach ich jetzt?"

„Jetzt schlichtest die zwei Schachteln da weg. Die Schlüssel für die Kastln sind hier."

Er zog eine Bund gleich aussehender Schlüssel aus seiner rechten Westentasche und lies mich alleine zurück, während er sich auf den Weg, nach vorne ins Geschäft machte. Natürlich hatte ich eine Ahnung von all den Dingen hier. Das eine oder andere Modell hatte ich selbst schon benutzt gehabt. Trotzdem kam keine so rechte Freude auf, als ich die kleinen Schachteln an die dafür vorgesehenen Plätze schlichtete. Nun gut, es gab zu viele Jagdwaffen hier, solche, die sich so mancher zur Vorsicht zulegte, ohne dass er sie je brauchen würde. Der Mensch war schon ein eigenartiges Geschöpf. Er legte sich Dinge zu, die ihn in Situationen schützen sollten, falls jemand diese Dinge gegen ihn benutzen wollte. Eigenartig, und dann wieder doch nicht. Ich selbst besaß keine Waffen. Wenn mich jemand erschießen wollten, dann musste er schon seine eigene mitbringen. Hab ich mal wo gelesen und mir gemerkt, weil mir dieser Spruch gefallen hatte.

10

Wir saßen uns gegenüber und ich wusste nicht so recht, wo ich anfangen sollte. Dass wir uns nun schon zum fünften Mal trafen, machte die ganze Angelegenheit auch nicht leichter, im Gegenteil. Dass wir uns nicht einfach bloß so trafen, war uns wohl mittlerweile beiden bewusst, somit stieg die Spannung vom einen zum anderen Mal. Ich durchbrach die Stille.

„Du hättest den Typen sehen müssen."

„Wen", fragte Barbara, nachdem sie ihren Bissen gekaut und hintergeschluckt hatte.

„Den vom Jagd und Waffenzubehör Steiner."

„Kenn ich nicht."

„Muss man ja auch nicht; und ich kannte ihn ja bis vor Kurzen selbst nicht."

„Und was war so besonderes an ihm?"

„Kann ich schwer beschreiben, er war auf jeden Fall ein Fall für sich?"

„Na du bist komisch. Du machst einen neugierig und dann kommt nichts."

„Wie gesagt, du hättest ihn sehen müssen wie er da vor mir stand, mit seinem grauen Arbeitsmantel, seinem Hut und seinen hervorquellenden Froschaugen."

„Froschaugen?"

„Naja, sagt man ja so."

„Heutzutage nicht mehr."

„Wahrscheinlich hast du Recht."

„Also, erzähl schon, was hast du dort tun müssen?"

„Eigentlich nichts spektakuläres, hab ein paar Kisten ausgeräumt, Munition geschlichtet, was man eben so tut, wenn es nichts zu tun gibt."

„Ich hab noch nie Munition verräumt wenn ich nichts zu tun hatte."

„Das ist naheliegend, du hast ja wahrscheinlich auch keine Munition daheim."

„Du etwa? Wer hat schon Munition daheim, ich mein, wer braucht denn so etwas?"

Es war wohl eine rhetorische Frage von Barbara gewesen. Ich entschloss mich also dazu, sie nicht zu beantworten, obwohl mir schon die eine oder andere Antwort dazu passend einfallen würde. Wir widmeten uns also wieder unserem Abendessen und orderten anschließend noch eine weitere Runde an Getränken.

„Ich hab mich immer gefragt", unterbrach Barbara die Stille, „ob man Geschenke zum Hochzeitstag auch nach der Scheidung noch verwenden darf."

„Warum nicht?"

„Ich weiß es nicht, es geistert nur schon seit längerem in meinem Kopf umher, ob es so oder so ist."

„Ich würde sagen ja, alleine schon wegen dem Klimawandel."

„Klimawandel?"

„Wegwerfgesellschaft, Klimawandel, all das."

„Ach so. Wenn man es so sieht, natürlich."

„Gibt es einen Anlassfall?"

„Meine Espressomaschine, ich bekam sie von ihm und benutze sie immer noch. Alles andere hab ich weggeworfen um ihn los zu sein, die Maschine hab ich aber behalten."

Ich kann nicht sagen ob es ein gutes Omen war, dass wir nun auf ihren Ex zu sprechen kamen. Ich hatte Barbara für relativ pragmatisch gehalten und jetzt stellte sie Überlegungen an, ob sie ein Geschenk aus ihrer früheren Beziehung weiterhin verwenden durfte. Oder vielleicht waren es gerade die Richtigen Gedanken, wir würden es herausfinden.

„Und dein Ex, was macht er jetzt?"

„Einerseits ist er leider noch nicht mein Ex und andererseits nehme ich an, macht er das, was er immer schon getan hat."

„Und was war das?"

„Er hat sich auf sich selbst konzentriert."

„Außer als er dir die Espressomaschine geschenkt hat", versuchte ich die Stimmung etwas aufzulockern."

„Ha, Blödsinn, Geschenkt hat mir immer nur das was ich wollte und da auch nur das Beste."

„Na wenigstens etwas."

„Das hat er aber nur getan um in einem guten Licht zu stehen, ein weiteres Mal im Mittelpunkt."

„Naja."

„Nix naja, der ist so. Berechnend, egozentrisch und ein Arsch."

„Ich mag es, wenn du schimpfst. Du hast mir eigentlich noch gar nicht erzählt wie ihr euch getroffen habt."

„Was willst du von mir, dass ich dir alles über meine Ehe erzähle, obwohl ich mich eigentlich gar nicht mehr daran erinnern möchte?"

Barbara war sichtlich ungehalten. Ich lenkte das Thema wieder auf meinen Jagdmeister mit den hervorquellenden Augen, er sollte uns ein wenig Ablenkung bescheren.

Nachdem ich Barbara nach Hause gebracht, in ihrer Küche noch einen Espresso getrunken und mit ihr die nächste halbe Stunde auf der Couch in ihrem Wohnzimmer verbracht hatte, war ich endlich auf dem Weg zu meiner Wohnung. Es war spät und es war kalt. Mein Atem kondensierte und es sah so aus, als würde ich, obwohl ich es vor langer Zeit aufgegeben hatte, immer noch rauchen. Doch das war kein Thema jetzt. Ich würde wohl eine meiner Quellen anzapfen müssen, um herauszufinden wer er denn sei. Wir mussten dieses Problem aus unserem Leben schaffen, es war an der Zeit, dass Barbara wieder frei atmen würde können.

11

„Wieso hat das jetzt nicht funktioniert?"

„Wir haben einfach nicht zusammengepasst."

„Sie sollen ja nicht das Leben miteinander verbringen, es geht nur um ein Angestelltenverhältnis, mehr ist da nicht."

„Es sollte aber auch nicht weniger sein."

„Ich weiß wirklich nicht, was ich mit ihnen noch anstellen soll."

„Schauen sie, ich möchte ja arbeiten, aber es muss schon auch passen, ich hab doch meine Zeit auch nicht zum Verschwenden, wenn sie mal in meinem Alter sein werden, merken sie das schneller als ihnen lieb sein wird."

„Was?"

„Vergessen sies."

„Ja, mach ich. Aber was machen wir jetzt? Ich meine, sie vereiteln jegliche Maßnahme, ich wird ihnen den Bezug sperren müssen."

„Tun sie das, das wird mich jetzt auch nicht aus der Bahn werfen, ich frage nur, wofür ich einbezahlt habe, wenn sie mir einerseits keine adäquate Stellung verschaffen können und, dann wenn ich unzufrieden bin, mir damit drohen, dass sie mir den Bezug sperren werden. Ihnen ist schon klar, dass sie mir eine Versicherungsleistung schulden, ich schulde ihnen nämlich gar nichts."

„Was glauben sie wie oft ich das schon gehört habe?"

„Das ist mir egal. Ich habe mich freiwillig versichert und immer pünktlich meinen Beitrag geleistet, jetzt leisten sie mal den ihren."

„Dass sie eine Mitwirkungspflicht haben ist ihnen schon klar, oder? Das bedeutet, dass sie die Maßnahmen nicht vereiteln und die ihnen zugewiesenen Stellen nicht einfach ablehnen können."

„Ich werde aber nicht jeden Schmarren mitmachen, geschweige denn Jobs annehmen, für die sie keine brauchbaren Idioten finden."

„Wissens was, kommens morgen wieder. Heute scheint das keinen Sinn mehr zu machen."

Ich erhob mich von meinem Sessel, nickte ihr kurz zu und ging. Ich hatte ohnehin noch etwas zu tun. Trotzdem ärgerte ich mich innerlich als ich das Gebäude wieder verließ. Wenn man immer nur als Bittsteller behandelt wurde, wie konnte das auf Dauer funktionieren? Oder irrte ich hier. Zuerst hatten sie meine Beiträge kassiert, jetzt wollten sie mich an der kurzen Leine halten oder mir gar die Bezüge einstellen. War ihnen klar, dass sie von meinem Geld lebten. Nun, nicht ausschließlich, aber sie wissen schon was ich meine. Ich schüttelte den Kopf als ich auf dem belebten Gehsteig auf die Straßenbahn wartete.

Habe ich eigentlich schon erwähnt, dass man die Vergangenheit ruhen lassen muss? Ich meine, es ist in Ordnung wenn sie ein wenig reflektieren, ein wenig darüber nachdenken was geschehen ist, beziehungsweise ihre Lehren daraus ziehen, aber dann muss Schluss sein. Sie können ja nicht ewig in der Vergangenheit leben. Und so wie sie Vergangenes abschütteln müssen, musste ich in meinem Beruf mein Handwerkszeug loswerden. Wie schon erwähnt, verwenden sie nie zweimal dieselbe Waffe. Und wenn sie sie entsorgen, dann bitte nicht in der Donau, auch wenn die ganze Stadt von ihr durchzogen ist und sich deswegen die eine oder andere Gelegenheit bietet. Aus der Donau wurde schon so manches herausgefischt, seien sie also achtsam! Und heutzutage ist es mittlerweile ja wirklich einfach geworden, sich unliebsamer Dinge mit zwielichtiger Vergangenheit zu entledigen. Mittlerweile shreddert man. Ich kann ihnen das nur empfehlen; zwei oder drei Durchgänge und übrig bleiben Brösel, die wirklich nicht befähigt sind, auch nur etwas zu erzählen.

Es war das erste Mal, dass jemand meine Wohnung betreten würde. Jemand anderes. Nicht ich. Nun, ganz so war es aber natürlich nicht. Ich hatte schon den einen oder anderen Handwerker vor Ort gehabt, sie wissen ja wer aller so hereinschneit, wenn man ihn oder sie wirklich braucht. Ansonsten aber war hier noch nie jemand zu Besuch gekommen. Mein Vorteil in dieser Situation war, dass ich, im Gegenteil zu anderen Geschlechtsgenossen, die auch alleine lebten, keinen klassischen Männerhaushalt führte. Alles hatte seinen Platz, der wenige Nippes den ich mir leistete war abgestaubt und die Teppichböden hatte ich eigens frisch gesaugt. Dann war ich einkaufen gegangen. Als ich in der Schlange vor Kassa Nummer vier stand, trat an mich ein junges Fräulein heran, von der ich hoffte, dass sie nicht den ganzen Tag über mit diesem Lächeln herumlaufen musste.

„Darf ich ihnen unsere Selbstbedienungskassen zeigen?", sagte sie.

Ich verneinte, ebenso lächelnd. Damit war die Sache für uns beide erledigt und sie machte sich auf den Weg zu ihrem nächsten Opfer. Wissen sie, wenn ich in einem Supermarkt, in dem ich mir ohnehin meinen Einkauf selbst aus den Regalen zusammensuchen darf, dann auch noch meine Waren eigenhändig scannen soll um für das Vergnügen im Anschluss dann auch noch bezahlen zu dürfen, stelle ich mir schon die Frage, wozu das Ganze? Ich meine, das junge Fräulein bewirbt enthusiastisch und vehement ihren eigene Abbau als Mitarbeiterin. Mir schien das immer schon rätselhaft, dass es Menschen an diversen Schaltern, bei Post oder Bank gab, die einem beibringen wollten, wie all die Gerätschaften in ihren kameraüberwachten Foyers funktionierten. Anscheinend hatten sie alle recht gute Chancen auf Führungspositionen in ihren Unternehmen gehabt und waren mittlerweile alle auch schon in der Teppichetage angekommen.

Es mag zwar sein, dass man seine Kochkünste in Gesellschaft besser zur Geltung bringen konnte, bisher hatte mich das aber nicht davon abgehalten auch für mich alleine die eine oder andere kulinarische Großtat zuzubereiten. Heute würde ich mein Talent wohl wieder auf die Probe stellen dürfen. Barbara und ich waren mittlerweile schon des Öfteren gemeinsam essen gewesen und somit kannte ich ihre Vorlieben, beziehungsweise wusste ich, dass es eigentlich nichts gab, was zu beachten wäre. Sie frönte genauso wie ich der Fleischeslust, aß Zwiebel und Knoblauch, sowie die eine oder andere süße Nachspeise. Ich konnte also völlig beruhigt einkaufen und die erstandenen Zutaten in meiner Küche zu einem romantischen Dinner verarbeiten. Vielleicht denken sie sich jetzt, wieso lässt er sie in seine Wohnung. Sie haben vollkommen Recht, in meiner Branche ist das einer der kapitalsten Fehler den man sich auf keinen Fall leisten darf. Aber die meisten Fehler macht man wenn man unaufmerksam ist, also abgelenkt. Und Barbara hatte mich maßlos abgelenkt. Ich hatte ihr bei unserem ersten schon meine Telefonnummer gegeben, damit hatte ich so etwas wie ein ungeschriebenes Gesetz gebrochen, dann hatte ich ihr auch noch gesagt wo ich wohnte, somit war es wohl wirklich an der Zeit einen neuen Abschnitt meines Lebens zu beginnen, Job würde ich mir nun definitiv einen anderen suchen müssen. Nun, das war im Moment aber nicht meine größte Sorge, denn genau jetzt läutete es an meiner Wohnungstüre. Ich warf einen schnellen Blick in die Küche zurück, alles stand an seinem Platz und tat das, was es tun sollte, und machte auf die Türe zu öffnen. Barbara schien dieser Abend ebenso wichtig zu sein, wie er mir war. Sie hatte sich in Schale geworfen und ich war schon in Gedanken dabei, sie aus selbiger zu schälen, als ich wieder zu mir kam und mir gerade noch einfiel, dass ich sie ja hereinbitten und begrüßen sollte.

„Die Frage ist natürlich, wo hast du das gelernt?"

„Das Kochen? Ich habs nicht gelernt, ich habs mir abgeschaut. Und im Laufe der Jahre bleibt eben einiges hängen. Das ist alles."

„Trotzdem, chapeau, wer kann von sich schon behaupten, dass er so gut kochen kann."

Wir saßen in meinem Wohnzimmer auf der Couch, tranken Wein und unterhielten uns. Barbara erzählte mir von ihrem Tag. Sie war seit einer Woche in einer Schulungsmaßnahme, die ihr dabei helfen sollte, ihre Chancen als Bürokraft zu verbessern. Sie durfte nun also Word und Excel in Grundzügen lernen. Dass sie diese Programme seit geschätzten zwanzig Jahren tagtäglich verwendet hatte, tat sie dort aber nicht kund, wozu auch. Der Kurs war ihr zugewiesen worden und sie hatte ihn zu besuchen, das war alles, um Sinnhaftigkeit ging es dabei in keinster Weise. Damit war der Exkurs zum Kurs auch schon wieder zu Ende, es gab andere Themen die uns interessierten. Barbara hatte keine Kinder, ich auch nicht, zumindest wusste ich von keinen, somit hatte es bei ihrer Trennung keine Kollateralschäden gegeben. Der einzig ungelöste Knoten war ihr Ex-Mann, der sie nicht ziehen lassen wollte. Ich versuchte ihn für heute Abend loszuwerden, zumindest die nächsten Stunden sollte er kein Thema sein, es gab so viel anderes zu besprechen, so vieles wozu man auch keine Worte brauchte.

12

Barbaras Wohnung war zwar nicht spartanisch eingerichtet, es fehlte aber jegliche Nippes. Genauso wie ich es vorzog nicht allzu viel anzuhäufen, schien diese Wohnung wie auf mich gewartet zu haben. Gut, sie werden vielleicht jetzt sagen, dass ich es nicht gleich übertreiben sollte, nicht allzu euphorisch sein sollte, das war ich auch nicht. Ich war fasziniert von all den Umständen die sich hier zu einem großen Bild zusammen fügten, wie Puzzleteile die ein kleines Mädchen unter dem Weihnachtsbaum zusammenfügt, während ihr Vater damit beschäftigt in den Fernseher zu starren. Als ich vorige Woche die Wohnung zum ersten Mal betreten hatte, war es mir sofort aufgefallen, dass es das war, was ich schon lange gesucht hatte, einen

Platz, der nicht meiner war, an dem ich aber genauso willkommen war. Aber ich spreche schon wieder viel zu viel von mir selbst. Wenden wir uns dem Wesentlichen zu, vorerst also dem Essen. Barbara hatte den Tisch gedeckt, Stil war in der kleinesten Hütte möglich, wenn man ihn hatte. Hier war das der Fall. In der Mitte stand eine Kerze, Barbara zündete sie mit ihrem Feuerzeug an und verschwand wieder in der Küche. Heute sah ich mich etwas genauer um. Neben dem Fernseher lag ein Stapel DVDs: das Schweigen der Lämmer traf auf Titanic. Nun, beides nicht wirklich meine Neigungsgruppe. Was aber egal war, ich konnte mich auf einiges einlassen ohne es wirklich mögen zu müssen, berufsbedingte Gleichgültigkeit möglicherweise.

„Setz dich." Barbara war aus der Küche zurückgekommen, hatte eine Flasche Wein in der Hand, die sie schon geöffnet hatte. Ich nahm Platz, Barbara füllte mein Glas zur Hälfte, tat dasselbe mit ihrem und setzte sich mir gegenüber.

„Also, auf uns."

„Mir würde nichts besseres einfallen", erwiderte ich. Typisch Mann, dachte ich mir, immer den evolutionsbedingten Steigerungsauftrag im Hinterkopf. Wurde man wohl nie los.

„Worauf darf ich mich heute freuen", begann ich das Thema zu lenken.

„Lachs. Nudeln. Und dann werden wir weitersehen."

„Klingt vielversprechend."

„Das kannst du annehmen. Bin gleich wieder da."

Barbara verließ den Wohnraum, hatte unserer beiden Teller mitgenommen und kurz darauf ich hörte sie in der Küche hantieren. Jetzt war sie wieder hier. Der Fisch lag quer auf einem Bouquet aus Bandnudeln, die leicht glänzten. Ich war immer davon begeistert, wie Essen eigentlich präsentiert werden konnte. Wenn ich da an meine eigenen Kreationen dachte, die ich, auf Grund der schnellen Verzehrbarkeit lediglich auf ein Teller anrichtete, nur damit ich nicht gleich aus dem Topf essen musste, war ich immer wieder verblüfft was andere mit den einfachsten Methoden, nämlich dem geduldigen Anrichten, so hinbekamen.

„Also, guten Appetit."

„Guten Appetit, und danke für die Einladung."

„Naja, wir können ja nicht andauernd in irgendwelche Lokale gehen. Gerade jetzt, wo sie dir die Bezüge gesperrt haben."

„Ach was du weißt doch, dass mich das nicht trifft."

„Ja, hast du gesagt, du hast etwas auf der hohen Kante."

„Eben."

„Warum du dich dann arbeitslos gemeldet hast, versteh ich zwar immer noch nicht, aber egal."

„Hab ich ja gesagt, weil ich einbezahlt habe, also möchte ich auch etwas für mein Geld."

Wir aßen still weiter. Es schmeckte herrlich, ob es nun an Barbaras Anwesenheit oder an der gekonnten Zubereitung des Mahls lag, kann ich wirklich nicht sagen, wahrscheinlich war lag es an beidem.

„Was ich immer schon wissen wollte, warum hast du als Lebensberater eigentlich aufgehört, das ist doch eine recht lebendige Branche?"

„Kann ich nicht behaupten. Mein Platz in der Branche war da nicht so lebendig."

„Versteh ich nicht. Heutzutage lässt sich doch bald jemand beraten. Oder coachen oder wie auch immer das heißt."

„Ja, aber anscheinend nicht von mir. Und außerdem war mir das mittlerweile zu aufwändig. All die Fortbildungen, damit man up to date bleibt. Nein, das war nichts mehr für mich."

„Wo hattest du denn deine Praxis?"

„Ich hatte keine."

„Hausbesuche? Du wirst mir gerade unheimlich."

„Nein, Hausbesuche waren eher eine Seltenheit. Ich hab mir manchmal Räumlichkeiten gemietet."

„Das geht?"

„Warum nicht, mieten kannst du so gut wie alles und jeden."

„Ist mir klar. Also keine Lust mehr drauf?"

„Nicht wirklich, und wie gesagt, ich bin nicht mehr am neuesten Stand, oder anders gesagt, min Wissen passt nicht mehr ganz ins Heute."

„Vielleicht finanziert dir das AMS ja so eine Fortbildung."

„Ich weiß nicht, ob das noch Sinn macht."

„Aber du musst doch einiges an Erfahrung haben, das kannst du doch nicht alles mit ins Grab nehmen."

„Wieso nicht?"

„Manchmal kannst du aber stur sein."

„Du doch auch."

Wir sahen uns in die Augen und sagten nichts, dann lachten wir beide gleichzeitig los. Der Abend konnte beginnen.

13

Das Schloss ließ sich im Handumdrehen öffnen. Ja natürlich, ich wusste schon wie ich es anzustellen hatte, es war ja nicht das erste Mal, dass ich so etwas tat. Leise zog ich die Wohnungstüre hinter mir zu und fand mich in einem kleinen und engen Vorraum wieder. Ein Spiegel, Schuhe, ein Schlüsselbund der auf einer schmalen Kommode lag und was es sonst noch für einen solchen Raum brauchte, ich konnte das meiste davon im Schein meiner Taschenlampe ausmachen. Es herrschte Totenstille. Nicht ganz, muss ich ehrlicherweise zugeben. Ich hörte zum ersten Mal in solch einer Situation mein Herz schlagen. Normalerweise bringt mich nichts so leicht aus der Ruhe, Aufregung verspüre ich so gut wie, schon gar nicht bei meiner Arbeit, aber in dieser einen

Nacht, war es mit der Leichtigkeit dahin. Ich blieb stehen und atmete tief durch. Ich hatte es doch schon x-mal getan, was war plötzlich los mit mir. Und nein, keine Angst, es war nicht das Gewissen, das mir einen Strich durch die Rechnung machen wollte. Im Gegenteil, diese Aktion würde zum ersten Mal Sinn für mich ergeben, abgesehen vom finanziellen Aspekt, hatte keine meiner Auftragsarbeiten irgendeinen persönlichen Belang für mich gehabt, ich hatte nie so etwas wie Reue verspürt, kein schlechtes Gewissen gehabt, wozu auch, ich kannte die betreffenden Personen und deren Geschichte nicht, hatte keinen Bezug zu den Hintergründen, die meine Dienstleistung unabdingbar machten; diesmal war es aber etwas anderes, etwas völlig anderes.

Ich versuchte mich zu konzentrieren. Ich würde für mein Vorhaben nur wenige Minuten benötigen. Das Fläschchen mit dem Gift hatte ich in meiner Tasche, es musste Körpertemperatur haben, genauso wie Augentropfen bevor man sie verabreicht, dann war die Chance um einiges Größer, dass das sogenannte Opfer nicht aufwachen würde, was natürlich die ganze Angelegenheit vereinfachen würde.

Mein Atem ging wieder regelmäßig, mein Herzschlag war nicht mehr so stark zu vernehmen (zumindest kam es mir so vor) und ich wurde mir darüber bewusst, dass ich schön langsam weitertun sollte. Barbara schlief in meinem Bett, sollte sie aufwachen würde ich sie wohl belügen müssen, dass ich mir ein wenig die Beine vertreten war. Aber wahrscheinlich hatte ich Glück. Nachdem ich das Wohnzimmer durchquert hatte, öffnete ich die Tür zum Schlafzimmer. Ich hatte jetzt schon Glück; sie war lediglich angelehnt gewesen. Gut, wer schloss schon daheim auch alle Türen innerhalb seiner Wohnung wenn er dort alleine war? Ich hörte den Atem des Mannes, sah seine Silhouette im fahlen Licht des Mondscheins und holte die kleine Flasche mit der durchsichtigen Flüssigkeit aus meiner Tasche. Die Spule mit dem Faden hatte ich in der anderen Hand. Dann drehte ich die Kappe vom Hals des Fläschchens und ließ auf den in etwa 30 Zentimeter lang abgerollten Fadenzwei Tropfen der Flüssigkeit auf den Faden tropfen. Langsam krochen sie hinab in Richtung Mund des Mannes, der langsam und tief atmete. Der erste Tropfen traf die Oberlippe direkt in der Mitte und verharrte dort. Tropfen Nummer zwei verband sich mit Tropfen Nummer eins und gemeinsam machten sie sich auf den Weg in Richtung rechter Mundwinkel. Der schlafende Mann atmete nun durch seinen leicht geöffneten Mund, reflexartig schob sich seine Zunge über seine Lippen um kurz darauf wieder zu verschwinden. Das Eigentliche war nun erledigt. Es würde zehn bis fünfzehn Minuten dauern bis er tot sein würde. Solange hatte ich nicht vor zu warten. Ich hatte nicht die Zeit dazu und ich musste auch nicht dabei sein, wenn der Tod eintrat. Es genügte, dass ich wusste, dass es passieren würde. Ich versuchte beim Verlassen der Wohnung keine Spuren zu hinterlassen, was mir nicht allzu schwer fiel, weil ich es ja ohnehin schon unzählige Male getan hatte. Auf meinem Heimweg fühlte ich nichts mehr, das Gefühl von vorhin war wieder verflogen, es hatte sich Routine eingestellt, die keinerlei Gefühlsregungen zuließ. Daheim angekommen schlüpfte ich sofort wieder zu Barbara unter die Decke um mich an ihren nackten Körper zu schmiegen.

14

„Sie schauen aber nicht so richtig fit heute aus."

„Es ist gestern spät geworden."

„Und wie geht es ihnen sonst?"

„Ich kann nicht klagen."

„Das ist fein. Ihr letztes Vorstellungsgespräch?"

„Keine Ahnung, welches meinen Sie?"

„So viele werdens ja nicht gewesen sein."

„Da könnten sie Recht haben."

„Aber wie sollen wir jetzt verbleiben? Ich meine, sie machen den Eindruck, als wären sie an gar nichts interessiert."

„Das würde ich so nicht behaupten, natürlich habe ich Interessen."

„Ja, das mag schon stimmen, sie wissen schon was ich meine. Egal in welcher Schulungsmaßnahme sie waren, egal für welche freien Stellen sie sich beworben haben, das Ergebnis war immer gleich null."

„Ich bin halt für all das nicht geeignet."

„Das denke ich mir auch. Sie waren all die vielen Jahre über selbständig, vielleicht ist eine einfache Anstellung nichts für sie."

„Vielleicht."

„Naja, aber irgendetwas müssen sie tun. Sie werden in die Sozialhilfe fallen und es wird noch schwieriger für sie."

Ich hörte ihr zu aber nicht wirklich hin. Natürlich hatte sie recht, irgendetwas würde ich wohl machen müssen, aber nur was? In meinen alten Job konnte ich nicht mehr zurück, dafür gab es keine Wiedereingliederungs- maßnahmen. Und ansonsten, was sollte ich in meinem

Alter noch lernen? Ich saß wohl ein wenig in einer Zwickmühle.

„Gehen wir doch mal zurück bis an den Start.“

„Start?“

„Naja, sie haben erzählt, dass sie Lebensberater sind.“

„Lebensberater, Problemlöser, ja-„

„So etwas in der Art, ich weiß. Schauen sie, es gibt mehrere Ausbildungen zum Lebensberater. Ich hab hier mehrere Ausdrucke, sehen sie sich das Mal durch, ob etwas für sie dabei ist.“

„Und dann? Die kosten ja ein Vermögen.“

„Ach, da haben wir auch schon anderes gefördert. In ihrem Fall macht das Ganze wohl sogar Sinn.“

„Aha.“

„Ja, wie gesagt, sehen sie sich das alles mal durch und kommen sie nächste Woche wieder.“

„Und dann?“

„Ist das wirklich so schwer zu verstehen? Mit ihnen hat man es nicht wirklich einfach. Wir werden dann schauen welche Finanzierungsmöglichkeiten es in ihrem Fall gibt. Ist das verständlich genug?"

Als ich das Gebäude wieder verließ hatte sich die Sonne mittlerweile durch die Wolken kämpfen können und versuchte mit ihren winterlichen Strahlen zumindest ein wenig Wärme zu spenden. Ich hielt noch immer den Stapel, den meine Sachbearbeiterin für mich vorbereitet hatte in meinen Händen als ich in die Fahrbahn überquerte. Es war erst kurz nach neun Uhr, Barbara würde wohl noch im Bett auf mich warten.

Auch erhältlich

Die Moral ist eine Hure

Eine Sammlung ungewöhnlicher Kurzgeschichten

Taschenbuch 2012

ISBN: 978-3-8482-1504-1

Hot Whiskey

Eine Reise nach Irland, die mehr gibt als sie verspricht.

Taschenbuch 2014

ISBN: 978-3-7386-0774-1

Simmering

Ein LokalkriminalRoman

Taschenbuch 2015

ISBN: 978-3-7386-0774-1

All inklusive

Ein Urlaubsroman mit Kriminalfaktor, Ungereimtheiten und anderen Verwicklungen; tägliche Animation inklusive!

Taschenbuch 2016

ISBN: 9-7838370-7717-1

Blutiger Schnee

Ein Trashroman

Taschenbuch 2016

ISBN: 978-3-8370-5600-6

Der Junggeselle

12 Erzählungen sowie eine Einleitung

Taschenbuch 2017

ISBN: 978-3-7448-3374-5

Absinth

Fünf dunkle Erzählungen

Taschenbuch 2017

ISBN: 978-3-7448-2953-3

Zweisitzercouch

Falks 40. Geburtstag steht bevor

Taschenbuch 2017

ISBN: 978-3-74604-317-3

Als gäbe es kein Morgen

Ein Episodenroman

Taschenbuch 2019

ISBN: 978-3-7412-7085-7

Ebenfalls erhältlich, die mittlerweile vergriffenen

SchneidaRomane:

Mord am Möllplatz, Endreinigung, Familienaufstellung,
Sekundenschlaf, Untergrund, Eine Weihnachtsgeschichte, Eine Dame
verschwindet, Wallfahrt, Finale

Im Sammelband

Schneida

komplett

sowie

Kemmer ermittelt - der neue Heftroman

erhältlich im Fachhandel und auf

www.girmindl.at